Traducción al español: Rafael Ros
© 2003, Editorial Corimbo por la edición en español
Ronda General Mitre 95, 08022 Barcelona
e-mail: corimbo@corimbo.es
www.corimbo.es
1ª edición, octubre 2002
© 2001, l'école des loisirs, París
Título de la edición original: «C'est moi le plus fort»
Impreso en Italia por Grafiche AZ, Verona
ISBN: 84-8470-085-2

Mario Ramos

¡ SOY EL MÁS FUERTE !

Corimbo

Un día, un lobo, que ha comido muy bien y,
por tanto, no tiene más hambre, decide
dar un paseo por el bosque.
«¡Es ideal para hacer la digestión!», comenta.
«Además, aprovecharé para comprobar qué
piensan de mí.»

Se encuentra a un gracioso conejito.
«Buenos días, Orejas Largas, dime:
¿Quién es el más fuerte?», le pregunta el lobo.
«El más fuerte es usted, Maestro Lobo.
Desde luego, sin duda alguna.
Con absoluta certeza», responde el conejo.

El lobo, orgulloso, continúa su paseo
por el bosque. «¡Umm, que satisfecho estoy
de mí mismo!», dice inspirando el intenso
perfume de las encinas y las setas.

Se encuentra entonces con Caperucita Roja.
«¿Sabes que este color te sienta muy bien?
Te comería a besos… Dime, tesoro,
¿Quién es el más fuerte?»
«¡Es usted, usted y nadie más que usted!
¡Seguro, Gran Lobo! Nadie puede negarlo:
el más fuerte es usted», responde la pequeña.

«¡Ah!, exactamente como pensaba: ¡Soy
el más fuerte! Me gusta que me lo digan
y que me lo repitan. Adoro los cumplidos,
no me canso de oírlos», dice, feliz, el lobo.

No tarda en encontrarse con los tres cerditos.
«¿Qué veo? ¡Tres cerditos lejos de su casa!
¡Qué imprudencia!
Decidme, pequeños, ¿quién es el más fuerte?»
«¡El más fuerte, el más robusto, el más guapo,
sin duda es usted, Gran Lobo Malo!»,
responden a una los tres cerditos.

«¡Es evidente!
¡Soy el más feroz, el más cruel!
Soy el Gran Lobo Malo.
Todos se mueren de miedo al verme.
¡Soy el rey!», canturrea el lobo.

Un poco más lejos, se encuentra con los siete enanitos.
«¡Vaya, esos que no paran de trabajar! ¿Sabéis quién
es el más fuerte?», pregunta el lobo.
«¡El más fuerte es usted, Señor Lobo!»,
responden a la vez los hombrecitos.

«¡Ajá! ¡Más claro que el agua!,
sin discusión. Todo el mundo
lo sabe. ¡Soy el terror del bosque!
¡Soy el más malo de todos!»,
proclama feliz.

Entonces se encuentra
con una especie de sapito.
«Hola, bicho repugnante. Supongo
que sabes quién es el más fuerte»,
dice el lobo.
«¡Oh, claro. La más fuerte es mi mamá!»,
responde la especie de sapito.

«¿Qué? ¡Bicho asqueroso!
¡Miserable gusano!
¿Quieres pelea?
Creo que no te he entendido.
¿Quieres repetírmelo, por favor?
¿Quién es el más fuerte?»

«Pero si ya te lo he dicho.
Es mi mamá, la más fuerte,
y también la más buena…
menos con los que
se portan mal conmigo»,
responde el pequeño dragón.
«¿Y tú, quién eres?»

«¿Yo? Yo… yo…
soy el lobito bueno»,
responde el lobo
retrocediendo
prudentemente.